De la même Autrice :

Romans grands caractères en **Police 18** :

- **Le Mas des Oliviers**, *BoD*, 2022
- **Le cadeau d'Anniversaire**, *BoD*, 2022
- **Autour d'un feu de cheminée**, *BoD*, 2022
- **En cherchant ma route**, *BoD*, 2022
- **Le hameau des fougères**, *BoD*, 2022
- **La fugue d'Émilie**, *BoD*, 2022
- **Un brin de muguet**, *BoD*, 2022
- **Le temps des cerises**, *BoD*, 2022
- **Une Plume de Colombe**, *BoD*, 2022
- **La dame au chat**, *BoD*, 2022
- **Un secret**, *BoD*, 2022
- **La conférencière**, *BoD*, 2022
- **L'étudiant**, *BoD*, 2022
- **Un week-end en chambre d'hôtes**, *BoD*, 2022
- **L'héritière**, *BoD*, 2022
- **On a changé de patron**, *BoD*, 2022
- **Un automne décisif**, *BoD*, 2022
- **Disparition volontaire**, *BoD*, 2022

***

Romans grands caractères en **Police 14** :

- **BERTILLE L'Amour n'a pas d'âge**, *BoD*, 2021
- **BERTILLE Les Candélabres en Porphyre**, *BoD*, 2020
- **BERTILLE, Les lilas ont fleuri**, roman, *BoD*, 2019
(d'autres parutions à venir... voir le site de l'autrice)

Romans et livres **Police 12** :

- **La Douceur de vivre en Roannais,** roman, *BoD, 2018*
- **Une plume de Colombe,** nouvelles, *BoD, 2017*
- **New York, en souvenir d'Émile,** roman, *BoD, 2017*
- **Croisière sur le Queen Mary II,** roman *BoD, 2016*
- **La Villa aux Oiseaux,** roman, *BoD, 2015*
- **La Retraite Spirituelle,** roman, *BoD, 2015*
- **Recueil de (Bonnes) Nouvelles,** *BoD, 2014*

***

Aventures Jeunesse (9-14 ans) :

- **Farid, la Trilogie,** *BoD, 2014*
- **Farid et le mystère des falaises de Cassis,** *BoD, 2009*
- **Farid au Canada,** *BoD, 2009*
- **Farid et les secrets de l'Auvergne,** *BoD, 2009*

***

Thriller religieux :
- **In manus tuas Domine...,** *BoD, 2009*

Site de l'auteure : www.isabelledesbenoit.fr

© Isabelle Desbenoit, 2022
Édition : BoD – Books on Demand, info@bod.fr
Impression : BoD – Books on Demand,
In de Tarpen 42, Norderstedt (Allemagne)
Impression à la demande
ISBN : 978-2-3224-2567-9
Dépôt légal : mai 2022
Tous droits réservés pour tous pays

LA FUGUE D'ÉMILIE

Isabelle Desbenoit

Brigitte descendit de sa petite citadine et s'étira. Elle venait de faire trois heures de route pour accéder à la maison de village reçue en héritage de sa grand-tante paternelle.

La jeune femme découvrait cette petite bourgade de huit cents habitants, elle n'y était jamais venue. Brigitte vivait en banlieue parisienne depuis toujours et cet héritage providentiel était l'occasion d'un changement de vie. Habiter à la campagne, dire adieu aux embouteillages et aux transports en commun bondés, elle en avait toujours rêvé. Mais seule et avec son petit salaire d'aide-soignante, elle n'avait jamais pu envisager un achat immobilier.

En se garant sur la place du village, elle reconnut tout de suite sa nouvelle demeure vue sur les photos chez le notaire. Une bâtisse construite au dix-neuvième siècle, avec un étage et un jardin rempli d'herbes folles. L'aide-soignante ouvrit, non sans peine, le portail de fer rouillé qui gémit sous la poussée. En montant cinq marches de pierre usées, elle accéda à la solide porte d'entrée et mit un peu de temps à faire jouer la serrure. Sa grand-tante avait vécu dix ans en maison de retraite avant de mourir à quatre-vingt-seize ans et personne n'était venu depuis.

Une entrée spacieuse donnait sur un vaste salon aux meubles recouverts de grandes bâches de plastique. On accédait ensuite à la cuisine et un corridor dévoilait l'escalier. Au premier étage, deux grandes chambres et une salle de bains. Une odeur de moisi et de renfermé prit la jeune femme à la gorge. Son premier travail fut d'ouvrir largement toutes les fenêtres pour laisser pénétrer le beau soleil printanier de ce mois de mai. Puis, elle déchargea sa voiture. Une dame âgée qui l'observait derrière le rideau de sa fenêtre depuis son arrivée, n'y tenant plus, sortit et s'avança vers sa nouvelle voisine.

— Bonjour, vous êtes de la famille de Madame Renaud ? demanda-t-elle timidement.

— Oui, je suis sa petite-nièce, répondit aimablement Brigitte en lui tendant la main. Je vais habiter ici maintenant, alors si vous voulez entrer quelques instants nous pourrons faire un peu connaissance…

Ravie de cette invitation qu'elle n'osait espérer, Madame Linon ne se fit pas prier. Débarrassant deux fauteuils crapaud et une petite table basse de leurs protections, Brigitte fit asseoir sa future voisine et passa dans la cuisine pour préparer un café instantané avec les dosettes qu'elle avait apportées. Elle trouva vite une casserole et pendant que l'eau chauffait, elle revint vers son hôte.

— Le village est agréable ? demanda-t-elle toute à sa joie d'emménager, de vivre enfin son rêve de vie campagnarde.

— Oh, vous savez ici, il se passe de drôles de choses... marmonna Madame Linon sur un ton sombre propre à décourager un régiment.

— De drôles de choses ? Que voulez-vous dire ? interrogea Brigitte, interloquée par cette réponse tandis qu'elle disposait la casserole et les tasses de porcelaine sur la table.

— Le village est coupé en deux, il y a des clans depuis que la mairie a décidé d'accepter sur le périmètre de la commune un centre fermé pour adolescentes délinquantes. Il y a ceux qui n'en veulent pas, qui ont peur et puis ceux qui disent que cela ne les dérange pas et que le centre crée des emplois...

— Il est déjà ouvert ce centre ? questionna la nouvelle villageoise.

— Oui, cela fait bien trois mois maintenant, il se situe sur la route de l'étang à trois kilomètres à peu près d'ici, précisa Madame Linon.

Les deux femmes bavardèrent encore quelques instants puis Brigitte se retrouva seule et commença, pleine d'énergie, à remettre en état son nouveau lieu de vie. L'aide-soignante n'eut pas de trop de la semaine de vacances qu'elle s'était accordée avant de reprendre son nouveau travail à la ville voisine pour tout remettre en état, arranger les meubles à son goût, accueillir le petit camion de déménagement avec ses propres affaires. La semaine passa comme un éclair.

Durant la nuit du jeudi suivant, alors qu'elle dormait à l'étage, elle entendit soudain du bruit dans le jardin, comme une course précipitée, des bruits sourds... Brigitte, qui avait le sommeil léger, fut réveillée immédiatement. Elle attendit, le cœur battant la chamade. Le silence se fit de nouveau et Brigitte se demanda ce qu'elle devait faire : descendre voir ?

Appeler la police, ou ne rien faire ? Après un quart d'heure, n'entendant plus rien, elle se persuada que cela devait être un animal et qu'elle ferait mieux d'attendre le jour. Brigitte se tourna et se retourna sans trouver le sommeil, ces bruits suspects l'avaient inquiétée, elle ne put se rendormir que vers cinq heures du matin.

Le lendemain, en ouvrant ses volets, elle découvrit son salon de jardin en fer renversé et le parterre de myosotis qu'elle avait planté complètement piétiné. Qui avait bien pu entrer ? Les sangliers ou autres gros animaux capables de mettre un jardin dans cet état ne venaient pas jusqu'au village et puis il leur aurait fallu escalader la clôture ou le portail ! Brigitte en était là dans ses réflexions quand elle vit un homme d'environ quarante ans se diriger vers la maison. Il cala sa tête entre deux barreaux du portail et la salua d'une voix grave. Brigitte ne put s'empêcher de remarquer qu'il était d'une grande beauté : des tempes légèrement argentées, un regard de braise très foncé, une silhouette solide et qui, en même temps, ne manquait pas de prestance.

— Bonjour chère Madame, je m'excuse de vous déranger, je suis le directeur du centre fermé pour jeunes filles, nous avons eu une fugue hier et je venais voir si quelqu'un dans le village avait aperçu Émilie.

— Je descends, un instant, dit Brigitte qui se hâta d'aller ouvrir.

— Entrez Monsieur, excusez ma tenue, pria Brigitte quelques instants plus tard en ouvrant la porte. Elle était en robe de chambre et se sentait un peu gênée devant ce bel inconnu. J'ai en effet, poursuivit-elle, entendu des bruits bizarres à deux heures du matin et regardez le salon de jardin et le massif, quelqu'un est passé par là cette nuit... Peut-être est-ce votre fugueuse ?

— L'appentis de jardin là-bas est-il ouvert ? Regardez, les pas semblent aller dans cette direction, remarqua l'homme ravi de trouver des indices et, à dire vrai, pas fâché non plus de converser avec cette belle brunette aux yeux noisette et à la fine silhouette mise en valeur par la ceinture d'une robe d'intérieur qui lui allait à ravir.

— Oui, nous pouvons aller y jeter un coup d'œil si vous le souhaitez, je suis contente de ne pas devoir le faire seule, ajouta-t-elle avec reconnaissance.

Le responsable du centre pour d'adolescentes ouvrit la porte de l'appentis et poussa un cri de surprise :

— Ah ! s'exclama-t-il soulagé. Eh bien, votre cabane de jardin a servi de cachette pour la nuit à Émilie, je reconnais son sac et son duvet. L'adolescente n'était pas là mais visiblement elle s'était trouvé un espace qui lui avait permis de dormir à l'abri.

— Voulez-vous que l'on appelle la gendarmerie ? s'enquit Brigitte. Mais le directeur posa sa main sur le bras de son interlocutrice et lui répondit après un temps de réflexion.

— Non, j'ai une meilleure idée, Émilie a laissé ses affaires ici, elle reviendra sûrement ce soir, cette gosse a un passé tellement chahuté, je ne voudrais pas qu'elle repasse par la case judiciaire, nous avons déjà beaucoup travaillé avec elle, elle a fait d'énormes progrès. Si le juge apprend qu'elle a fugué, il y aura de très graves conséquences. Je préférerais régler l'affaire moi-même... Seulement poursuivit-il, il faudrait que vous acceptiez que je prenne mes quartiers chez vous ce soir pour pouvoir récupérer Émilie... Je ne voudrais pas vous importuner...

Brigitte, qui s'était sentie bouleversée alors que la main de l'homme s'était posée avec douceur sur son bras, répondit sans réfléchir :

— Mais non, vous ne me dérangerez pas, je vous assure, venez ce soir, je vous aiderai pour récupérer votre protégée.

— Merci beaucoup Madame, voilà ma carte et le numéro du centre si dans la journée, vous aviez du nouveau, je m'appelle Alexandre Coudet, mais je tiens à ce que vous m'appeliez Alexandre, n'est-ce pas ? pria-t-il avec un petit sourire mutin qui plissa ses deux yeux noirs de manière comique.

— Moi, c'est Brigitte Darmon, mais vous pouvez aussi m'appeler Brigitte, assura la jeune femme sous le charme, venez à dix-neuf heures, ajouta-t-elle, je vous préparerai à dîner et comme cela Émilie ne soupçonnera pas que son directeur est dans les parages quand elle rentrera pour la nuit. L'aide-soignante était elle-même étonnée par son audace : inviter à dîner un inconnu chez elle ! Cela ne lui ressemblait pas, elle, si peureuse d'ordinaire...

— C'est vraiment très aimable à vous, j'accepte volontiers mais j'apporterai la boisson et le dessert, affirma-t-il avec une autorité taquine, coupant par là même les protestations que la jeune femme voulait formuler. Bonne journée à vous aussi, Brigitte et encore merci... Mon métier n'est pas facile mais aujourd'hui il me permet de joindre l'utile à l'agréable, conclut Alexandre en passant le portail, je viendrai avec plaisir, à tout à l'heure donc.

— Merci Alexandre, à ce soir, répondit l'aide-soignante avec une voix pleine d'émotion.

La nouvelle villageoise se trouvait complètement sous le charme de cette rencontre et en oublia totalement les désagréments de ses parterres abîmés. Sa priorité était de réfléchir à la soirée qui s'annonçait. La jeune femme, à l'esprit si pratique d'habitude, se prenait à se poser mille questions : fallait-il lui préparer le lit de la chambre bleue, se coucherait-il ou bien attendrait-il dans le salon ? Et dans ce cas que ferait-elle ? Resterait-elle avec lui ou alors irait-elle se coucher ? Qu'est-ce qui était le plus convenable ? Brigitte mit une bonne demi-heure à arrêter son menu du soir. Elle se décida finalement pour une salade verte aux gésiers chauds avec quelques cerneaux de noix, de la pintade sauce citron accompagnée de pommes de terre sautées et d'un fagot de haricots verts fins ainsi que du fromage. Il ne fallait pas que le repas soit trop sophistiqué, se disait-elle, afin de ne pas donner l'impression que c'était une occasion spéciale, un dîner en amoureux... songea-t-elle tout d'un coup et l'idée la fit rougir. De toute façon, un homme de cette classe ne devait pas être libre, il ne fallait pas qu'elle se mette martel en tête, c'était idiot. Oui, se répétait-elle, il a sûrement une famille : une femme, des enfants... Qu'allait-elle imaginer ! Elle se gourmandait, ce n'est pas parce qu'elle était un peu seule en ce moment, dans ce nouveau cadre de vie, qu'elle devait se laisser aller à des rêveries impossibles. « Il faut rester les pieds sur terre », se persuada-t-elle en parlant tout haut, comme pour mieux se convaincre. L'aide-soignante eut l'idée d'aller voir sur Internet mais en tapant le nom d'Alexandre, elle ne trouva pas grand-chose, à part le fait qu'il avait des responsabilités dans un organisme paritaire social en liaison avec son poste. Rien ne figurait sur sa vie privée...

La journée passa très vite. Brigitte alla d'abord faire les courses au supermarché à quelques kilomètres de là, puis cuisina, mit une nappe et dressa le couvert. À dix-sept heures, tout était prêt et elle décida d'aller faire une petite marche pour se détendre un peu. Elle se sentait nerveuse et désirait prendre l'air. Elle emprunta le chemin de terre qui, à la sortie du village, menait à l'étang de pêche et en fit le tour en marchant rapidement.

À trente-cinq ans, la jeune femme était célibataire. Autrefois, elle avait aimé un jeune homme... Elle avait alors vingt-deux ans : un amour passionné pour elle mais, malheureusement, son fiancé, Éric, avait rompu et Brigitte ne s'était jamais vraiment remise de cette déception. Ensuite, sa vie professionnelle l'avait comblée. Au service des malades, elle s'était épanouie et avait bien rempli son existence. Presque chaque soir, elle suivait des activités : chorale, poterie et natation. Quant aux vacances, la jeune femme les passait avec sa sœur et ses quatre adorables neveux. Les années filaient et notre aide-soignante ne s'était jamais réellement mise à penser à elle-même.

Dans sa nouvelle vie campagnarde, Brigitte, moins sollicitée par les multiples activités de la ville, se reconnectait doucement avec elle-même. Elle avait rempli sa vie jusqu'au bord mais si elle enlevait toutes ses activités, le travail... Que lui restait-elle ? Elle était seule, songeait-elle et vieillirait seule comme beaucoup des patients qu'elle soignait avec tant d'amour à la maison de retraite. Elle ne connaîtrait jamais la chaleur d'un foyer, il était trop tard... Brigitte secoua ses pensées moroses et rentra chez elle. En attendant son hôte, elle fit un petit feu d'ambiance dans la cheminée puis alluma la télévision et regarda distraitement les jeux de la fin d'après-midi. Elle se sentait incapable de se concentrer sur un livre.

Alexandre arriva à dix-huit heures trente avec un gros bouquet de roses, une tarte aux fruits et un bon petit vin rouge du cru. En le débarrassant de son imperméable, Brigitte remarqua qu'il était encore plus grand qu'elle ne le pensait et qu'il avait de solides épaules larges et musclées.

— Vous êtes costaud, dit-elle en riant, je n'aurai rien à craindre même si cette jeune fille se montre violente.

— Oh, vous savez, répliqua Alexandre modestement, j'ai

hérité cette carrure de mon père et encore, dans la famille, je suis le plus fluet ! Cet intérieur est charmant... poursuivit-il en la complimentant sur l'alliance réussie entre les meubles anciens et la touche moderne qu'elle avait donnée à l'aide de tissus imprimés, de jolis coussins multicolores et de tableaux choisis avec goût.

La glace étant rompue, ils se mirent à bavarder comme deux vieux amis. Une impression de se connaître déjà les surprenait, toute gêne avait disparu chez Brigitte qui se sentait elle-même auprès d'Alexandre, les joues roses de plaisir, elle se livrait sans timidité. Le directeur du centre, lui aussi, semblait sous le charme de cette belle brune pétillante. Ils parlèrent d'abord de leurs métiers respectifs, puis ils abordèrent le sujet, plus privé, de leur famille. À aucun moment, l'homme ne fit allusion à sa femme ou à ses enfants mais il parla de ses parents âgés dont il s'occupait beaucoup. Brigitte était intriguée, cependant elle n'osait pas poser de questions.

— Mon Dieu ! s'exclama soudain Alexandre, il est déjà vingt heures quarante-cinq et la nuit tombe... Je n'ai pas vu le temps passer ! Il ne faut pas qu'Émilie me voie, je vous propose que nous fermions les volets, suggéra-t-il en finissant sa part de tarte aux framboises.

— Oui, bien sûr, je vais le faire tout de suite, répondit Brigitte en se levant prestement.

Son hôte l'aida aimablement en fermant les gros volets de bois un peu récalcitrants du rez-de-chaussée et ils purent allumer le plafonnier en toute tranquillité.

— Avez-vous un endroit où je pourrais me poster afin d'avoir une vue sur le jardin sans être moi-même remarqué ? sollicita le directeur. Vous comprenez, je voudrais cueillir Émilie en douceur alors qu'elle sera déjà installée pour la nuit, je veux faire jouer la surprise et qu'elle n'ait pas le temps de fuir, expliqua-t-il.

— À l'étage, la fenêtre de la salle de bains donne sur le jardin, nous pourrons l'ouvrir un peu et en vous plaçant de côté, vous verrez l'appentis et le portail, assura Brigitte.

— C'est parfait. Eh bien, je crois que je vais prendre mon poste et pour vous, surtout, faites comme chez vous ! répondit Alexandre en riant.

— Je vais juste me laver les dents et je vous laisse, informa la maîtresse de maison en installant une chaise pour le directeur près de la petite fenêtre.

Cette soudaine intimité voulue par les circonstances qui les poussaient tous deux à occuper, pour un moment, la même salle de bains alors que la nuit était tombée, leur donnait une curieuse impression ; un mélange d'excitation et de gêne. Brigitte prit son pyjama en lin bleu ciel accroché à une patère et alla le passer dans sa chambre puis elle revêtit sa robe d'intérieur et revint voir Alexandre.

— Vous n'avez besoin de rien ? demanda-t-elle à mi-voix pour ne pas risquer de compromettre la planque du directeur. Je peux aller vous faire chauffer une tasse de lait chaud ou du café si vous le désirez, assura-t-elle.

— Merci Brigitte, murmura Alexandre qui voyant la jeune femme penchée sur lui, eut un geste spontané et doux en entourant sa taille de son bras. Ils restèrent quelques secondes ainsi, interdits l'un et l'autre, jusqu'à ce qu'Alexandre murmure, « oui, un peu de lait » ; Brigitte se redressa et sortit précipitamment. Elle était bouleversée et dut craquer plusieurs allumettes avant de parvenir à éclairer le gaz sous la casserole, tellement ses mains tremblaient. La jeune femme essaya de calmer les battements de son cœur en s'efforçant de respirer profondément mais elle n'y parvint qu'imparfaitement.

Il était vingt-deux heures trente, soudain, le téléphone portable du directeur du centre sonna. L'appareil était resté sur la table de la salle à manger. Brigitte n'eut d'autre choix que de répondre tout en montant les escaliers pour le porter à Alexandre. Une voix féminine demanda : « Allô, Alexandre ? » Brigitte se mordit les lèvres jusqu'au sang tellement elle était déçue, ainsi il avait une compagne ! Elle répondit très vite : « ne quittez pas, je vous le passe » et elle tendit le combiné au directeur, toujours en faction derrière la petite fenêtre. Puis l'aide-soignante, toute remuée, redescendit quatre à quatre l'escalier de bois ne voulant rien écouter de cette conversation qui lui briserait le cœur.

Vers vingt-trois heures, Alexandre venait de terminer la tasse de lait apportée par Brigitte. Cette dernière avait prétexté la fatigue et s'était retirée dans sa chambre. Le directeur aperçut alors la silhouette de l'adolescente qui sautait lestement la clôture et se glissait sans bruit dans l'appentis. Cette fois, connaissant les lieux, elle ne renversa pas la table du salon de jardin et ne piétina pas le massif.

L'homme attendit un bon quart d'heure puis sortit dans le jardin avec une lampe électrique et fonça vers l'appentis. Il l'ouvrit et referma précipitamment la porte derrière lui, condamnant ainsi l'accès pour une éventuelle fuite. Dix minutes plus tard, Émilie et lui sortaient sans faire de bruit.

En fait, l'adolescente avait l'air calme et acceptait visiblement de suivre son directeur sans opposer aucune résistance. C'est ce que vit Brigitte qui guettait par la fenêtre de la salle de bains où elle s'était précipitée après le départ d'Alexandre. La voiture du directeur démarra et disparut dans la nuit.

Le lendemain, Brigitte partit à son travail le cœur lourd. La soirée auprès d'Alexandre l'avait tellement charmée... Elle s'était prise à rêver d'un avenir avec lui... La jeune femme se souvenait du contact de son bras solide sur ses hanches, de la douceur de son regard quand il avait murmuré « oui, un peu de lait » et puis... Ce coup de fil sur son portable... Cette femme qui avait tout détruit !

Les résidents de la maison de retraite lui demandèrent si elle allait bien, ils avaient remarqué son manque d'entrain, ce qui ne lui ressemblait pas. Elle essaya de paraître enjouée mais le cœur n'y était pas. Quand l'aide-soignante revint chez elle après sa journée de travail, elle trouva dans la boîte aux lettres un petit paquet accompagné d'une lettre fixée avec un ruban. La jeune femme l'ouvrit et trouva une boîte de très bons chocolats au lait et une carte représentant un bouquet de lys blancs. Au dos, elle lut :

Ma Chère Brigitte,

Un très grand merci pour hier : j'ai passé une merveilleuse soirée... Si Émilie savait qu'elle m'a permis de rencontrer une si belle personne ! Elle est rentrée dans le rang, tout va bien. Je vous donne mon numéro de téléphone portable en espérant que vous m'appellerez bientôt, je vous embrasse, Alexandre.

Comment osait-il la relancer ainsi alors qu'il avait une femme dans sa vie ? Était-ce un de ces séducteurs qui ne s'embarrassent pas de fidélité et « profitent » des opportunités ? En même temps, Brigitte revoyait la soirée où elle s'était sentie si à l'aise avec un homme qui lui avait paru honnête et intègre. La jeune femme se trouvait comme piégée, elle refusait de croire à cette histoire naissante... La voix de la personne qui avait appelé n'était pas celle d'une dame âgée ! se disait-elle, ce n'était donc sûrement pas sa mère. Et qui d'autre pouvait se permettre de l'appeler à presque vingt-trois heures sinon son épouse ou sa compagne ? Brigitte décida alors de ne plus donner signe de vie à Alexandre. Pour bien marquer cette décision qui lui arrachait le cœur, elle prit la carte, la déchira et la mit à la poubelle. Ainsi, elle ne serait pas tentée de l'appeler. Quant aux chocolats, elle décida de les déguster tout de même, ils étaient vraiment fameux ! Alexandre avait fait des folies en achetant cette marque de luxe.

La vie reprit son cours et Brigitte chercha à la remplir le plus possible en participant à beaucoup d'activités, quitte à faire plusieurs kilomètres le soir après son travail. Elle s'étourdissait pour ne plus penser à Alexandre mais celui-ci peuplait ses rêves sans qu'elle arrive à s'en détacher. De son côté, le directeur du centre ne s'expliquait toujours pas le silence de la jeune femme. Voilà bientôt un mois qu'ils avaient fait si délicieusement connaissance et elle n'avait toujours pas appelé. Son excellente éducation ne lui permettait pas de la recontacter, il estimait qu'il devait la laisser le faire. Il se prenait à échafauder mille hypothèses : peut-être un enfant avait-il pris le paquet dans la boîte à lettres car celle-ci, un vieux modèle, s'ouvrait sans clé ? Peut-être Brigitte était-elle malade ou partie dans sa famille ? Pourtant, il avait bien remarqué que les volets étaient ouverts en journée...

Un soir, n'y tenant plus, il se décida à aller faire un tour au village. C'était, comme tous les ans à la même date, le marché artisanal et celui-ci se prolongeait jusqu'à vingt-deux heures. Peut-être Brigitte y ferait-elle un tour ? L'homme déambula sur la place où toutes sortes d'artistes exposaient leurs œuvres puis il se risqua à passer devant la maison de Brigitte. Par chance, celle-ci était dans son jardin et regardait avec intérêt tout le remue-ménage que le marché faisait devant chez elle. C'était d'habitude si calme.

— Brigitte, bonjour ! salua le directeur en s'approchant avec un large sourire. La jeune femme, prise de court, hésita un instant, lança un bonjour à voix basse et rentra précipitamment à l'intérieur de sa demeure. Alexandre, interdit, comprit alors que son silence n'était pas feint mais qu'elle ne souhaitait plus le voir... Il se mit alors à marcher au hasard des étals, désarçonné... Qu'avait-il fait de mal ? Oui, il était parti directement avec Émilie sans lui dire au revoir mais Brigitte était dans sa chambre et il avait cru plus poli de ne pas la déranger puisque la nuit était avancée. Qu'avait-elle ? Peut-être avait-elle un ami qui ne vivait pas avec elle mais dont elle était amoureuse ? Un fiancé ? Oui, cela devait être plutôt cela, elle était si belle avec ses boucles et son regard noisette, comment avait-il pu se mettre en tête qu'elle était un cœur à prendre...

Au bout d'une demi-heure, le directeur revint comme aimanté vers la maison de sa belle. Elle était toujours à l'intérieur, personne dans le jardin. L'homme, obéissant à une impulsion qu'il ne put maîtriser, rentra dans la propriété et sonna à la porte d'entrée. Autant en avoir le cœur net tout de suite, voici un mois qu'il patientait, il n'en pouvait plus : il fallait qu'il la voie. Peu importe, elle n'était pas libre ? Soit, mais il faudrait qu'elle lui dise en face. Il souffrirait, oui car son cœur s'était attaché à elle depuis cette fameuse nuit de la fugue, mais au moins il saurait.

Brigitte demanda d'une voix peu assurée, de l'intérieur et sans ouvrir la porte :
— Qui est là ?
— Alexandre, c'est moi, Alexandre, oh, je vous en prie Brigitte, ouvrez-moi, je ne resterai

qu'un moment, j'ai quelque chose d'important à vous demander, supplia l'homme éperdu.

— Mais je n'ai pas envie de vous ouvrir, continua Brigitte dont la voix se brisait presque tellement elle était émue.

— Brigitte, pour l'amour de Dieu, juste une minute, une minute ! implora Alexandre.

Vaincue, et toute tremblante d'émotions contenues, Brigitte entrouvrit la porte.

— Brigitte, pourquoi me rejetez-vous ainsi ? interrogea Alexandre en restant dans l'entrée. Qu'ai-je fait de mal ? N'avions-nous pas passé ensemble une délicieuse soirée, n'êtes-vous donc pas libre ? Aimez-vous quelqu'un d'autre ?

— Mais non, c'est vous qui aimez quelqu'un d'autre ! protesta la jeune femme. Vaincue par l'émotion, elle éclata en sanglots et se tourna vers le mur, enfouissant sa tête dans sa cape de pluie pendue au portemanteau.

— Mais je n'aime personne d'autre, assura Alexandre, je vous assure, je ne cesse de penser à vous depuis un mois !

— Mais alors qui vous a appelé l'autre soir, quand vous étiez dans la salle de bains, sinon votre épouse ? riposta la jeune femme en hoquetant. À vingt-trois heures, qui vous aurait appelé ? répéta-t-elle avec rage. Vraiment Alexandre, ce n'est pas bien ce que vous faites.

L'homme poussa un soupir de soulagement, il s'approcha de Brigitte, toujours tournée vers le mur et il lui répondit avec un sourire qu'elle ne vit pas.

— Mais il s'agissait de Solange, ma sœur ! expliqua-t-il avec véhémence. Je vous ai dit que l'on s'occupait tous les deux de mes parents, continua-t-il d'une voix radoucie, elle voulait me prévenir que papa était tombé mais qu'il ne s'était pas fait trop de mal, à part quelques hématomes, voilà pourquoi elle m'a appelé si tard. De toute façon, elle sait bien que je ne me couche guère avant minuit. Brigitte, reprit-il en la prenant par les épaules et en la faisant tourner doucement vers lui, je vous aime, sans vous je ne pourrais plus vivre.

— Alors, c'est vrai ? osa Brigitte d'une voix encore mal assurée. Vous êtes vraiment célibataire ?

— Juré ! répondit Alexandre en l'attirant fougueusement dans ses bras... Mais maintenant je ne le suis plus car j'ai trouvé l'élue de mon cœur !

Vous avez aimé ce roman ? Vous aimerez...